COLLECTION DE MADAME L.

OBJETS D'ART ET DE CURIOSITÉ
D'EXTRÊME-ORIENT
ET QUELQUES MEUBLES

PARIS, LE 16 MARS 1914

CATALOGUE

DES

Objets d'Art et de Curiosité

D'EXTRÊME-ORIENT

PORCELAINE, CÉRAMIQUE

Bois sculptés, Bois incrustés, Ivoires, Objets de vitrine, Objets variés

BRONZE, ÉMAIL, ÉMAIL CLOISONNÉ

ÉTOFFES, FOURRURES, TAPIS

ET QUELQUES MEUBLES

COMPOSANT LA COLLECTION DE MADAME L.

ET DONT LA VENTE AUX ENCHÈRES PUBLIQUES AURA LIEU

HOTEL DROUOT, SALLE N° 7

LE LUNDI 16 MARS 1914

A deux heures

COMMISSAIRE-PRISEUR
Mᵉ LOUIS NAVOIT
5, rue Richepanse

EXPERT
M. GEORGES GUILLAUME
13, rue d'Aumale

EXPOSITION PUBLIQUE

Le Dimanche 15 Mars 1914, de 2 h. à 6 heures

CONDITIONS DE LA VENTE

Elle sera faite au comptant.

Les adjudicataires paieront *dix pour cent* en sus des enchères.

Paris. — Imp. de l'Art, Ch. Berger, 41, rue de la Victoire.

DÉSIGNATION

PORCELAINE, CÉRAMIQUE

1 — Vase en porcelaine de Chine, orné à la panse de guerriers et de prêtres, à la ceinture de volatiles parmi des fleurs, et au col de meubles et vases. Commencement du XIXe siècle.

2 — Paire de grands vases en porcelaine de Chine, à décor d'oiseaux perchés sur des rameaux fleuris.

3 — Vase à anses, forme gourde, en porcelaine de Chine, à décor bleu étoilé.

4 — Grand vase à anses en porcelaine de Chine, à figures et pagodes dans un paysage montagneux.

5 — Potiche couverte en porcelaine de Chine, à fleurs, feuillage et lambrequins en bleu.

6 — Deux potiches couvertes en ancienne porcelaine de Chine, à fleurs et feuillage. Époque Kien-lung.

7 — Deux flacons en porcelaine de Chine, à rameaux fleuris et quadrillages.

8 — Paire de flacons couverts et bonbonnière ronde en porcelaine de Chine, à décors bleus.

9 — Pot hexagonal en porcelaine de Chine, à décors bleus de paysages et inscriptions.

10 — Service à café en porcelaine bleue de Chine, comprenant trois petites tasses et un plateau.

11 — Service à café en porcelaine de Chine, à décor d'oiseaux et fleurs, comprenant : cafetière, sucrier, pot à lait, quatre tasses et quatre soucoupes.

12 — Jardinière carrée en porcelaine de Chine, à décor de vases et meubles.

13 — Deux magots en porcelaine de Chine décorée de fleurs.

14 — Vase balustre en grès émaillé de Chine, à décors variés sur fond craquelé violet.

15 — Paire de vases en grès émaillé et craquelé de la Chine.

16 — Petit vase en grès émaillé de Chine, semé de taches de couleurs.

17 — Deux vases-balustres, munis d'anses, en ancien grès émaillé de Chine, à dragons en relief sur fond vert.

18 — Chou chinois en grès émaillé, formant vase.

19 — Coupe circulaire en grès émaillé de Chine, à décor de dragons en relief sur fond jaune.

20 — Statuette en grès émaillé de Chine de vieillard s'appuyant sur un bâton ; à ses pieds, une chèvre couchée.

21 — Paire de chimères en grès émaillé de Chine.

22 — Brûle-parfums en terre brune de Chine, à décor de mascarons, guillochages et caractères.

23 — Figure de bonze en terre vernissée.

24 — Deux petits vases et bonbonnière ronde en céramique de Satsuma.

25 — Paire de potiches en ancienne porcelaine du Japon, à fleurs et rocailles; monture en bronze ciselé et doré.

26 — Cache-pot en porcelaine du Japon, à décors fleuris ; monture en bronze ciselé et doré.

27 — Deux vases en céramique japonaise, formés de feuillage fleuri : lotus et nénuphars.

BOIS SCULPTÉ

BOIS INCRUSTÉ, IVOIRES

OBJETS DE VITRINE, OBJETS VARIÉS

28 — Inro en laque rouge de Pékin, forme double poisson.

29 — Petit étui à allumettes en émail cloisonné, à vases sur fond noir.

30 — Tabatière en bronze patiné, forme animal; bouchon en émail cloisonné.

31 — Deux flacons à tabac, l'un en grès émaillé japonais, l'autre en porcelaine, forme souris.

32 — Petit coffret en incrustation de burgau.

33 — Petit coffret laqué, à décors fleuris.

34 — Boîte à jeu en laque brune, partiellement dorée à fleurs.

35 — Petite figure de Bouddha en bronze doré.

36 — Paire de petits éléphants en bronze doré de Chine, formant tabatières.

37 — Deux pipes d'Extrême-Orient, l'une en cuivre émaillé à arabesques, l'autre en bronze ciselé, forme éléphant.

38 — Deux tasses en étain décoré. Travail de l'Inde.

39 — Vase indien, forme bouteille, en étain décoré.

40 — Agrafe en bronze et émail cloisonné.

41 — Petit cartel d'applique, forme vase, en cuivre gravé, orné de pierres de couleurs, à fleurs et volutes.

42 — Quatre soucoupes en émail de Chine, à papillons et fleurs sur fond vert.

43 — Deux cendriers en émail cloisonné, à feuillage sur fond bleu.

44 — Deux grandes défenses d'éléphant.

45 — Vase en ivoire sculpté, sur socle en bois de fer, présentant des chevaux en relief.

46 — Autre plus petit en ivoire sculpté, à personnages et inscriptions.

47 — Sceptre de mandarin en ivoire sculpté, à reptiles.

48 — Ombrelle à manche d'ivoire finement sculpté à fleurs. Travail chinois.

49 — Deux petits magots en grès émaillé de Chine.

50 — Bouddha en grès émaillé de Chine, à patine jaune.

51 — Figure de personnage chinois étendu en marbre blanc.

52 — Groupe en pierre de lard : Personnage et chimère.

53 — Couvert annamite, comprenant le couteau et les baguettes, dans un étui en bois sculpté à monture métallique.

54 — Paire de vases couverts en verre de Bohême émaillé sur fond rouge, présentant des sujets galants parmi des décors de feuillage.

55 — Paire de rouleaux formés de troncs d'arbres exotiques.

56 — Vase-rouleau en bois sculpté, présentant un cavalier tirant à l'arc; socle en bois de fer.

57 — Deux supports d'appliques en bois doré et peint, à décor de fleurs, rocailles et volutes. Travail turc.

58 — Autre, de même travail, en bois doré sur fond blanc et muni d'une glace.

59 — Grande canne de femme chinoise en bois de santal sculpté, présentant une tête de dragon.

60 — Statuette d'homme courant en bois sculpté, sur socle ajouré à branchages. Travail chinois.

*

61 — Figure de personnage mandchou en bois sculpté, avec chèvre et échassier sur des lianes.

62 — Plateau carré en incrustation de burgau.

63 — Deux plateaux ovales en incrustation de burgau. Travail annamite.

64 — Classeur à deux volets en bois dur sculpté et incrusté d'ivoire. Travail indien.

BRONZE, ÉMAIL

ÉMAIL CLOISONNÉ

65 — Deux personnages en bronze patiné de Chine, se faisant pendants: guerrier et femme portant un vase.

66 — Statuette de divinité indoue en bronze doré et incrusté de pierres.

67 — Deux figures de divinités chinoises en bronze patiné.

68 — Brûle-parfums, forme chimère, en bronze patiné et doré. Travail chinois.

69 — Brûle-parfums en bronze, formé d'un récipient circulaire à cinq trous, supporté par quatre personnages. Travail mandchou.

70 — Brûle-parfums en bronze patiné, flanqué de personnages et muni d'un couvercle à chien de Fô. Travail mandchou.

71 — Brûle-parfums en cuivre gravé et émail cloisonné, posant sur pieds-éléphants ; couvercle à chien de Fô.

72 — Petit vase ovoïde en cuivre poli, sur pied en bois de fer. Travail chinois.

73 — Coupe circulaire en émail cloisonné de Chine, à fleurs sur fond bleu ; anses à têtes de chimères.

74 — Jardinière ovale en émail cloisonné de Chine, à fleurs et lambrequins sur fond bleu clair.

75 — Paire de vases-rouleaux en émail cloisonné du Japon, à vases, oiseaux et insectes sur fond bleu.

76 — Bouteille à anses et double renflement, en deux parties et formant coffret, en émail cloisonné de Chine, à fleurs.

77 — Vase aplati, forme gourde, en émail cloisonné de Chine, à losanges sur fond bleu; anses à chimères en bronze doré.

78 — Paire de vases en émail de Chine, à décor de fleurs, potiches et inscriptions sur fond bleu.

79 — Deux grands vases-balustres en émail cloisonné de Chine, à décor de fleurs et feuillage sur fond blanc.

80 — Porte-bouquets, forme chaussure chinoise, en émail cloisonné blanc et bleu, fleuri.

81 — Deux cache-pots hexagonaux en émail de Chine, à réserves de personnages et échassiers, sur fond jaune fleuri.

82 — Deux plateaux rectangulaires en émail de Chine, à papillons sur fond vert.

83 — Deux tasses à anses et deux soucoupes carrées en émail de Chine, à dragons et paysages.

84 — Tasse couverte en émail de Chine, à décor d'arabesques et fleurs sur fond jaune.

85 — Petite théière lobée en émail cloisonné de Chine.

86 — Bonbonnière ronde en émail cloisonné de Chine, à fleurs sur fond noir.

MEUBLES

87 — Petit meuble à compartiments renfermant des séries de plateaux et de casiers en laque noire et or, avec incrustation de nacre et de matières dures, à décor d'oiseaux et de fleurs. Travail japonais.

88 — Meuble moderne, du même genre, à panneaux ajourés et incrustés de burgau.

89 — Ancien meuble annamite, formant cabinet, et muni de nombreux tiroirs et casiers, en bois mouluré et incrusté de nacre à personnages, fleurs et inscriptions.

90 — Etagère, en forme de pagode, en bois sculpté et ajouré, avec incrustations d'ivoire; elle est surmontée d'un dôme supportant un groupe. Travail chinois.

91 — Guéridon à volets en laque de Fou-tchéou, à décors fleuris.

92 — Écran à monture de bois de fer, posant sur pieds-chimères ; feuille en soie brodée sur les deux faces, présentant des arbres et des volatiles. Travail chinois.

93 — Écran en bois sculpté et doré, à feuillage et oiseaux ; feuille en chenille et au point, à fleurs et perroquet sur fond de tulle.

ÉTOFFES, FOURRURES
TAPIS

94 — Deux panneaux encadrés en taffetas rose, décorés de figures en corne repoussée et peinte. Travail chinois.

95 — Deux kakémonos en dorure sur satin rouge et contrefond de soie brochée, présentant l'un une femme chinoise, l'autre un oiseau.

96 — Quatre coussins en broderie de soie, présentant des fleurs en bleu, sur fond de satin rouge. Travail chinois.

97 — Deux autres galonnés au bord; même broderie, à décor de vases et fleurs en médaillon.

98 — Deux appuie-bras, forme boule, en broderie de soie sur satin jaune à arabesques.

99 — Portière en broderie de laine sur fond de drap rouge ajouré, à décor d'étoiles et arabesques. Travail persan.

100 — Deux chutes en broderie d'or et de soie sur fond cerise, à décor d'éléphants et de chimères.

101 — Petit panneau en broderie de soie de couleur sur satin cerise, présentant des personnages parmi des rocailles et buissons fleuris.

102 — Beau panneau en broderie de soie et d'or sur fond vert, présentant une scène de quatre personnages parmi des oiseaux et des fleurs.

103 — Portière chinoise en broderie de soie de couleurs sur fond de satin rouge, présentant un groupe de personnages.

104 — Suite de panneaux décoratifs en satin cerise brodé d'or, à décor d'éléphants, comprenant deux panneaux et cinq chutes. Travail chinois.

105 — Deux panneaux en longueur en broderie de soie de couleur sur satin gros bleu, présentant des oiseaux et des fleurs.

106 — Grand panneau en satin broché, présentant des dessins réguliers sur fond jaune. Travail chinois.

107 — Panneau en tissu broché, présentant des fleurs sur quadrillages verts et fond or.

108 — Panneau en soie brochée, semé d'une multitude d'enfants chinois jouant, sur fond cerise. Travail d'Extrême-Orient.

109 — Environ trois mètres d'étoffe brochée, à fleurs et feuillage, en dorure sur fond cerise. Travail chinois.

110 — Fichu à double face en broderie de soie de couleur sur fond cerise et bordure bleue, présentant des personnages, dragons, fleurs et pagodes. Travail chinois.

111 — Petit manteau de femme chinoise en broderie de soie de couleur sur fond or, à meubles, vases et fleurs ; bordure de satin noir brodé.

112 — Panneau, deux chutes et deux dessus de coussins en velours frappé cerise et or, à arabesques. Travail chinois.

113 — Ancienne robe en velours frappé rouge, à fleurs. Travail chinois.

114 — Deux grands panneaux en tissu de poil de chameau, présentant des volatiles sur fond rouge. Travail chinois.

115 — Doublure de vêtement en fourrure marron tachetée de blanc.

116 — Couverture formée de peaux de renards blancs de Chine.

117 — Tapis annamite en drap brodé de laine de couleur, décoré d'un dragon.

118 — Tapis de l'Inde, à dessins polychromes.

Long., 4 m. 20 cent.; larg., 3 m. 20 cent.

119 — Tapis chinois (Tien-Sin), à décors bleus sur fond blanc.

Long., 4 m. 60 cent.; larg., 2 m. 80 cent.

120 — Grand tapis de Pékin haute laine, à réserves multicolores régulières sur fond jaune.

Long., 6 m. 70 cent.; larg., 5 m. 50 cent.

121 — Ancien tapis de galerie en tissu de poil de chameau, à trois carrés jaunes sur fond à quadrillages. Travail turc.

Long., 3 mètres; larg., 1 m. 50 cent.

122 — Objets omis.

www.ingramcontent.com/pod-product-compliance
Ingram Content Group UK Ltd.
Pitfield, Milton Keynes, MK11 3LW, UK
UKHW021044260726
13994UKWH00005B/2344

9 782329 388311